AF482752

Klabund

Rasputin

e-artnow 2018

Marcus Tullius Cicero
Gesammelte Werke: Philosophische und Rhetorische Schriften: Von den Pflichten + Vom Redner + Paradoxe der Stoiker + Vom … + Vom höchsten Gut und vom größten Übel

Walter Scott
Das Kloster: Historischer Roman

Titus Livius
Römische Geschichte: Ab urbe condita libri (Römische Geschichte von den Anfängen mit der Gründung Roms im Jahr 753 v. Chr. bis zum Tode des Drusus im Jahre 9 v. Chr.)

Alexandre Dumas
Die Gräfin Charny: Historischer Roman

Leopold von Ranke
Gesammelte Werke: Politische Schriften + Historiografische Werke + Biografien: Aus Zwei Jahrtausenden Deutscher Geschichte + Friedrich … von England + Bacon und Shakespeare…

Walter Scott
Der Talisman: Historischer Roman aus dem Zeitalter der Kreuzzüge

Oskar Meding
Kreuz und Schwert: Historischer Roman

Vergil
Aeneis: Ein Klassiker der römischen Antike

Walter Scott
Waverley: Historischer Roman: So war's vor sechzig Jahren

Henryk Sienkiewicz
Mit Feuer und Schwert: Historischer Roman

Klabund
Rasputin

e-artnow, 2018
Kontakt: info@e-artnow.org

ISBN 978-80-273-1441-6

Hehe, da war ein Mensch, wir wollen ihn Jefim nennen.

Er trug keinen richtigen adretten Namen, wie ihn Adlige und Bürger trugen, keinen Eigennamen, der ihm zu eigen war und ihm allein gehörte. Er war ein Bauer, ein Muschik, sein Vater hatte den Namen in einem alten, vergilbten und zerfetzten Kalender aufgelesen. »Er soll Jefim heißen«, sagte der Vater verdrossen und mürrisch, denn das Buchstabieren im Kalender hatte ihn angestrengt.

»Schön«, sagte der Pope und schrieb den Namen ins Kirchenbuch.

»Gut«, sagte der Kommissar und schrieb ihn später in seinen Paß, den er ordnungsgemäß bei sich trug.

Nein, nein, man konnte ihm nichts nachsagen. Da wollte wohl mal einer kommen, ein Gendarm oder so, und ihm was Böses oder Gesetzwidriges zutrauen. Alsbald zog er seinen schmierigen Paß aus der grünen Wolljoppe, Tabakblätter und rosige, klebrige Himbeerbonbons fielen dabei auf die Erde. Nun, Euer Wohlgeboren, alles in Ordnung, wie? und er zwinkerte mit seinen listigen Iltisaugen und sein graugrüner Strohbart sträubte sich wie der Schwanz eines gereizten Katers.

Niemand konnte ihm etwas anhaben. Kein Gendarm, kein Polizist – nicht einmal der Zar selbst.

Wenn der Zar des Weges käme und ihn stellte: He, du da, wie heißt du? – er bräuchte nicht zu zittern. Keine Wimper bräuchte er bewegen. Er präsentierte dem Zaren mit einer leichten, kavaliersmäßgen Verbeugung den Paß:

Hier, Väterchen, alles in Ordnung, mein Name ist Jefim Alexandrowitsch, geboren da und da, dann und dann, bitte sich zu überzeugen –

Und der Zar salutierte und bat um Entschuldigung:

Verzeihen Sie die Belästigung, mein lieber Jefim Alexandrowitsch –

trat zurück und gab den Weg frei. Dann schritt Jefim frank und selbstbewußt. Er schnaufte ein wenig, denn er litt an Fettherz und Asthma.

Aber das würde sich in dem gesunden sibirischen Klima schon geben. Trotz seiner dicken Füße hupfte er leicht wie ein Vogel in einen Waggon der Eisenbahnlinie Petersburg-Tjumeny.

Die listigen Iltisaugen blinzelten ihr Gegenüber, eine junge Bäuerin aus dem Gouvernement Tobolsk, unternehmungslustig an. Man hatte sieben Stunden zusammen zu fahren – hehe – da konnte allerlei sich ereignen – eine Freundschaft wurde geschlossen – fürs ganze Leben oder was man dafür hielt – vielleicht fiel auch etwas Liebe ab für ihn, Jefim Alexandrowitsch, dreiunddreißig Jahre alt, recht rüstig und, abgesehen von ein paar verfaulten Zähnen, in prächtiger Form, seines Wesens Postknecht, kaiserlich russischer Postknecht, versetzt nach Pokrowskoje, gelegen am Tobol im Gouvernement Tobolsk. Aber Jefim Alexandrowitsch war ermüdet von der langen Reise.

Er schlief ein, träumte von einem schwarzen eisernen Hengst und einer silbernen Stute, und als er aufwachte, war die Bäuerin verschwunden und ein Soldat mit einem Gesicht wie eine Tomate saß ihm gegenüber. Seine Augen waren überhaupt nicht zu sehen. Aber er stank übel aus dem Maul nach Zwiebelsuppe und schlechtem Wodka.

Jefim Alexandrowitsch bekam Appetit und packte aus Zeitungspapier eine halbe Blutwurst und ein tüchtiges Stück Roggenbrot. Das hatte er sich selber einpacken müssen; er, Jefim Alexandrowitsch, stand ganz allein auf der Welt. Er hatte keine Mutter, keinen Vater, kein Weib, nur einen alten schwerhörigen Onkel in Nishni-Nowgorod, mit dem kein Staat zu machen war.

Eine Träne fiel in Jefim Alexandrowitsch' graugrünen Bart.

Der Soldat hatte plötzlich, unerfindlich woher, Augen, die wie kleine Schießscheiben aussahen. »Dir ist wohl wer gestorben? Na, tröste dich man. Tot ist tot. Unsereiner kann auch täglich sterben. Ich bin ein Krieger, und das ist ein harter Beruf. Gott schütze den Zaren.«

»Er schütze ihn«, sagte Jefim Alexandrowitsch und nahm die Mütze ab.

Er wunderte sich über den Soldaten, daß er »Krieger« gesagt hatte. Was für ein hochtrabendes Wort für einen so niedrigen Beruf. Krieger! Dann mußte er sich wohl Postrat nennen oder Roßwart, hehe. Aber dann fing er an, dem Soldaten weitschweifig von dem Trauerfall zu erzählen, den er in seiner nächsten Verwandtschaft erlitten. Er log sich derartig hinein, bis er selbst an die Wahrheit seiner Lügen glaubte. Ob der Herr Unteroffizier Petersburg kenne? Nein, er kenne es nicht. Dagegen seien ihm Moskau, Riga, Lodz, Warschau – –

»Schon gut«, Jefim Alexandrowitsch unterbrach ihn unwirsch, »ich habe zu erzählen. Ist dir deine Nichte Feodorowna gestorben oder mir? Feodorowna, das weizenblondhaarige, engelschöne Gotteskind? Im zarten Alter von vierzehn Jahren wurde es auf dem Newki Prospekt von einem feinen, aber brutalen Herrn in eine dunkle Seitengasse gelockt und dort –«

»Und dort?« – das Tomatengesicht des Soldaten rötete sich vor Aufregung noch dunkler.

»Na ja«, sagte Jefim Alexandrowitsch, »das kannst du dir ja denken, was dort geschah –«

»Nicht möglich«, erstaunte das Tomatengesicht – »und daran ist sie gestorben?«

»Sie war so zart wie eine Lymphe«, die Tränen perlten Jefim Alexandrowitsch aus den Wimpern –

»Wie eine Lymphe«, echote die Tomate. »Das habe ich auch noch nicht gehört. Und der feine Herr?« forschte sie wißbegierig.

»Er hat sich mit seinem Stockdegen stantepe erdolcht –«

»Stockdegen?«

»Ja: ein Spazierstock mit einem Degen drin.«

»Was es nicht alles gibt!«

»Das unglückliche Geschöpf!«

»Das arme Wurm!«

Sie begannen kameradschaftlich beide zu weinen, erhoben sich plötzlich und lagen sich in den Armen. Schmatzend küßten sie sich auf die Wangen und Mund.

»Gottes Segen über dir, Bruder!«

»Gottes Gnade, Brüderchen!«

Der Zug lief in Tjumeny qualmend ein.

Jefim Alexandrowitsch verabschiedete sich gerührt von dem Soldaten, dem er den Rest seiner Blutwurst aufdrang.

»Nimm, nimm, Brüderchen, bist ein braver, ordentlicher Mensch, mußt dich sattessen, bist ein Krieger, jaja, friß, friß, Brüderchen.« Und er stopfte ihm die Blutwurst zwischen die Zähne.

Dann plumpste er mit seinen kurzen dicken Beinen auf den Perron. Er hatte das Gefühl, daß er abgeholt würde – aber das war ein unsinniges, albernes Gefühl. Wer würde sich wohl bemühen, ihn, den Postknecht Jefim Alexandrowitsch, versetzt nach Pokrowskoje, abzuholen?

Vielleicht der Herr Gouverneur in eigener Person?

Oder hatte man ihm eine Kalesche entgegengeschickt ?

Er sah sich auf dem schmutzigen Bahnhofsplatz um. Es hatte geregnet. Eine alte, rumplige Mietkutsche stak seitwärts im Schlamm. Ein paar Kinder hatten eine Ratte aufgescheucht, die quiekend in den Bahnhofsabort lief.

»Wie weit der Weg nach Pokrowskoje?« schrie Jefim Alexandrowitsch zum Kutscher herüber.

Der Kutscher nahm eine Tonpfeife aus dem schiefen Mund: »Wollen Euer Hochwohlgeboren sich meines Gefährtes bedienen?«

Jefim Alexandrowitsch lachte.

»Haha, bin selbst ein Kutscher, bin der neue Postknecht von Pokrowskoje.«

Der Kutscher steckte enttäuscht die Pfeife wieder zwischen die Lippen.

»Na, dann schieb man ab, eh's dunkel wird. Es sind reichlich drei Stunden für einen Fettwanst wie du es bist.«

Jefim Alexandrowitsch setzte sich in Bewegung und schrie dem Kutscher von rückwärts zu:

»Du Mährenschinder, halt dein ungewaschenes Maul!«

Der Kutscher schimpfte zurück:

»Du Postfurz, verdufte!«

Jefim Alexandrowitsch stapfte in die Dämmerung. Er kam an einigen Ölfunzeln vorbei. Dann wurde es stockfinstere Nacht. Er ging durch eine schnurgerade Pappelallee, die ihm die Orientierung erleichterte. Er setzte mechanisch einen Fuß vor den andern und dachte mechanisch denselben Gedanken:

In drei Stunden bin ich zuhause. In drei Stunden bin ich daheim. Ich werde wieder wissen, wo ich hingehöre. Ich werde wieder wissen, was ich zu tun habe. Ich werde die Pferde striegeln. Sie werden heißen Jakob und Anna. Vielleicht auch Pawel und Alexandra. Ich werde wieder den guten Geruch des Pferdestalles atmen. Und meine Hängebacke an die warme dampfende Flanke einer Stute pressen. Oh! –

Im Straßengraben, hinter einer Pappel, lag ein feister, unbeholfener Mensch und spielte mit einem kantigen Stein.

Jefim Alexandrowitsch konnte ihn in der Dunkelheit nicht sehen.

Der Mensch dachte: Soll ich? Soll ich nicht? Der erste, der des Weges kommt –

Jefim Alexandrowitsch war der erste, der des Weges kam.

Der Mann im Graben schoß wie eine fette, giftige Sandviper auf, gerade auf Jefim Alexandrowitsch zu und schlug ihm mit dem Stein den Schädel ein.

Jefim Alexandrowitsch dachte noch: In drei Stunden bin ich zuhause – in drei Stunden bin ich daheim.

Dann brach sein Auge wie ein billiger Jahrmarktsspiegel. Der Mann beugte sich über ihn. Er holte eine kleine Laterne aus der Jacke und leuchtete ihn ab. Er griff in die grüne Joppe. Zwanzig Rubel – und der Paß, lautend auf Jefim Alexandrowitsch, geboren da und da, dann und dann – und die Aufforderung der Postbehörde, sich in der Posthalterei Pokrowskoje als Postknecht zu melden.

Der Mann pfiff leise die ersten Takte der Zarenhymne. Am nächsten Tag trat der Postknecht Jefim Alexandrowitsch seinen Dienst in der Posthalterei Pokrowskoje an. Es war derselbe Tag, da man die Leiche eines unbekannten, papierlosen Mannes im Straßengraben zwischen Tobolsk und Pokrowskoje fand.

Da er offensichtlich den niederen Ständen angehörte, nahm die Polizei es mit den Nachforschungen nach seiner Identität und den Ursachen seines Todes nicht so genau. Er wurde in der Selbstmörderecke des Friedhofes von Tobolsk beerdigt.

Rasputin

Jefimy, der Vater Grigorys, den man später Rasputin nannte, war Knecht bei der staatlichen Pferdepost, die in einer eisenbahnarmen Gegend des inneren Rußland, im Gouvernement Tobolsk, verkehrte.

Schnee im Winter, weiße, weite Fläche,
heißa die Troika,
Oft von Wölfen bis zu den ersten Häusern verfolgt –
Graugrüne Steppe, graue, weite Fläche im Sommer –
Über Stock und Stein trieb Jefimy die rumplige Kalesche, und entsetzt sahen die Passagiere oft aus den Fenstern, wie der rumplige Kasten mit ihnen durchging.

Grigory, Bauernschädel wie sein fünfzigjähriger Vater, zwanzigjährig, half dem Vater beim Pferdetränken und Pferdestriegeln, fiel auch wohl der Post in die Zügel, wenn sie gar zu wild daherstürmte.

Jefimy war einem guten Tropfen Wodka nicht abgeneigt.

Grigory, der Junge, liebte ebenfalls den Wodka,
die Pferde,
den Tanz
und die Mädchen.

Er strich um die Bauerndirnen mit den bunten Kopftüchern, sie höhnten ihn: Rasputnik: das heißt Wüstling – woher er seinen Namen bekam, und sehnsüchtig sah er zuweilen bei vornehmen reisenden Damen in der Postkutsche nach.

Seine Freunde waren Ossip und Porfiri. Aber sein leichter Sinn hinderte ihn nicht, naiv vor jedem Christusbild sich zu bekreuzen, dem Popen die Hände zu küssen,

und jeden Sonntag geputzt in die Messe zu gehen, wobei er mehr nach den hübschen Mädchen als nach dem Geistlichen sah.

Grigory war damals ein echter Muschik, ein Bauer, wie es fünfzig Millionen davon in Rußland gab: leichtgläubig und leichtsinnig, listig und lustig, verderbt und fromm.

Er glaubte an Gott.

Er glaubte an den Teufel.

Er glaubte an den Zaren, den Mittler zwischen Gott und Mensch.

Und er glaubte an sich.

Seit Jahrhunderten geht die Sehnsucht des Muschik nach »Land«, nach eigenem Grund und Boden. Seit Jahrhunderten ist er der Knecht des Großgrundbesitzers, dem das Land gehört.

Bei dem Dorfe Pokrowskoje, wo Grigory daheim ist, liegt das Gut Pokrowskoje, das dem Baron Akim gehört.

Der Baron hat eine junge, jetzt zehnjährige Tochter, Irina genannt, zu der ihr jetzt zwölfjähriger Vetter Felix Jussow in die Schulferien zu Besuch kommt.

Sie spielen zusammen.

Sie sehen einander gern.

Sie rudern zusammen auf dem Schloßteich. Irina beugt sich aus dem Kahn zu den Wasserrosen – Sie beugt sich immer weiter –

Sie stürzt ins Wasser –

Grigory, der seine Pferde zur Tränke trieb, bemerkt das mit den Wellen ringende Kind.

Er wirft sich ins Wasser,

er rettet die Kleine.

Er bringt sie auf seinen Armen ins Schloß.

Er trieft vor Wasser.

Steht nun triefend im Salon.

Irinas Mama ist indigniert.

Betrachtet ihn mit dem Monokel –

Er ruiniert ihr den ganzen Salon,

der Muschik.

Das Kind ist ja gerettet.

Er kann gehen.

Ach so – man muß ihm wohl eine gewisse Belohnung geben – Sie reicht ihm ein Zehnkopekenstück.

Grigory sieht erst das Geld – dann sie an –

wirft ihr das Geld vor die Füße,

geht ohne Gruß. –

Jefimy, Grigorys Vater,

liebt einen guten Tropfen Wodka.

Eines Tages hat er wieder ein Gläschen zuviel getrunken.

Er hatte von einem reichen Fahrgast ein hübsches Trinkgeld bekommen, und trank auf jeder Station ein Gläschen.

Er nickte bei der Heimfahrt auf dem Kutschbock ein,

und als Grigory ihn auf der Heimatstation empfing,

fehlte ein Pferd –

Räuber hatten es ihm unterwegs ausgespannt.

Jefimy wurde wegen »Veruntreuung staatlichen Eigentums« angeklagt und zu Gefängnis verurteilt.

Völlig gebrochen ging er ins Gefängnis.
An seine Stelle trat nunmehr Grigory als Postillon.
Singend,
peitschenknallend,
fuhr er über Land
die feinen Herren
und die schönen Damen.
Eines Tages hatte er Sehnsucht,
die kleine Irina wiederzusehen,
die für ihn den Inbegriff des höheren Lebens bedeutet.
Er geht bis zum Parkgitter,
sucht sie.
Er pflückt Blumen,
einen Strauß.
Da kommt der Gutsbesitzer, Baron Akim, des Weges:
»Was suchst du da?«
»Ich pflücke Blumen –«
»Das ist mein Grund und Boden:
Bauernlümmel! Und alles, was darauf wächst, ist mein! Wirf die Blumen fort!«
Er zögert.
Der Baron entreißt ihm den Strauß,
die einzelnen Blüten fallen zur Erde.
Grigory sieht ihnen nach.
Er hat eine einzige Blüte behalten.
Der Gutsbesitzer geht,
köpft mit seinem Stock die Butterblumen am Wege.
Irina kommt.
Er nimmt sie auf seine Knie.
Er schenkt ihr die einzige Blume,
Die ihm noch geblieben.
Sie zerpflückt sie.
Sie lächelt.
Er lacht.
Er lacht grimmig.
Sie hört auf zu lächeln.
Sie erschrickt vor ihm.
Er stellt sie auf den Boden.
Der kleine Vetter, Felix Jussow, kommt herbeigelaufen.
Er zieht Irina mit sich fort,
die verstohlen noch nach Grigory sich umblickt.
Jussow: »Laß den schmutzigen Bauern!«
Grigory reckt ihm seine Faust nach.
Eines Tages große Aufregung im Postgebäude von Pokrowskoje: für eine hochgestellte Person
wird an der Station Tobolsk eine Extrapost verlangt.
Wen soll man an den Bahnhof schicken?
Grigory, der Sohn eines Sträflings, kann man der hochgestellten Person nicht zumuten.
Der Postmeister selber, obwohl er lange nicht mehr mit Pferden gefahren, wirft sich in Gala,
Grigory spannt die Pferde ein,
der Postmeister fährt zur Station.
An dem kleinen Bahnhof entsteigt dem Zug
Anna Wyrubowa,
Hofdame der Zarin,

die gekommen ist, dem Kloster von Pokrowskoje einen Besuch abzustatten und dort fromme Übungen zu verrichten.

Der Postmeister fährt sie nach dem Kloster,
die Pferde gehen durch,
er kann sie nicht bändigen –
da kommt Grigory des Weges,
er fällt den Pferden in die Zügel,
er hat Anna Wyrubowa gerettet.

Sie schenkt ihm ein byzantinisches Christusbild zum Dank und Andenken. Rasputin findet, daß das Bild ihm ähnlich sieht – Sie forscht nach seinem Namen:

»Wie heißt du?«

»Ich heiße Grigory Rasputin« –

Sie schreibt sich den Namen in ihr kleines Notizbuch.

»Fahr du mich weiter!«

Er fährt sie zum Kloster.

Der Postmeister hat das Nachsehen. –

Von diesem Tage an geht eine Wandlung mit Rasputin vor.

Er geht in seiner Kammer nachdenklich auf und ab.

Er stößt Lisaweta, das Bauernmädchen, das ihn liebt, von sich: »Geh! Schmutziges Ding du! Werde ganz andere Liebste haben als dich!« –

Er betrachtet das Heiligenbild, das ihm die Hofdame geschenkt.

Er drückt es an seine Lippen.

Er geht zu dem Abt des Klosters:

»Väterchen, du kannst lesen und schreiben – lehre es mich!

Will dir Rubelchen geben!«

Der Abt erkennt den Burschen, der die Hofdame zu seinem Kloster gebracht.

Die Hofdame hat ihm von Rasputin erzählt.

Rasputin kann ihr Günstling,
ein Günstling des Hofes werden,
wer weiß?

Der Abt gibt ihm Unterricht, lehrt ihn an der Hand der Bibel buchstabieren: G–o–t–t– Eifrig liest er dann in der Bibel.

Rasputins heller Kopf lernt schnell.

Bald schreibt er seinen ersten Brief,
mit ungelenken Schriftzeichen,
an die kleine Irina:

»Hast Du Deinen Dich liebenden Onkel Grigory vergessen?
Gottes Segen über Dich!«

Rasputin fängt eine Taube vom Gut,
mit der Irina zu spielen pflegt.

Er bindet ihr den Brief um den Hals,
läßt sie fliegen.

Sie fliegt zu Irina,
die erstaunt den Brief liest –
nach Grigory Ausschau hält –

Da kommt ihre Mama,
sieht den Brief,
liest ihn,
zerreißt ihn,
zerrt das Kind mit sich fort.

Der alte Jefimy kommt aus dem Gefängnis zurück.

Niemand will ihn kennen.

Grigory begegnet ihm in der Steppe,
während er die Post kutschiert.
Grigory: »Jetzt bin *ich* der Postillon!
Ich kenn dich nicht mehr! Scher dich zum Teufel!«
Er schwingt die Peitsche.
Der Alte wandert weiter.
Einige Jahre vergehen.
Irina kommt nach Moskau in die Pension.
Felix Jussow tritt als Kadett ins Heer.
Rasputin kutschiert seine Post.
Er wartet seiner Stunde.
Die Regierung, die bei den bevorstehenden Wahlen zur Duma die Bauern für sich gewinnen will, sendet den Oberpriester Wostorgow als Agitator in die entlegensten Teile Rußlands.
So kommt er auch in das Gouvernement Tobolsk, wo ihn Rasputin mit der Pferdepost von der Bahn abholt und nach Pokrowskoje bringt.
Im Schulgebäude spricht Wostorgow über die Ziele der Regierung.
Viele Bauern sind anwesend.
Sie sitzen auf den niedrigen Schulbänken. Die Tafel steht noch von der Schulstunde da, mit Zeichen beschrieben.
Auch der Gutsherr von Pokrowskoje ist anwesend, der Baron Akim.
Er nickt beifällig zu den Ausführungen Wostorgows.
Die Bauern versuchen angestrengt, ihm zu folgen.
Da unterbricht eine Stimme den Redner:
»Wann – werden – die – armen – Bauern – Land – bekommen?«
Alles dreht sich um.
Der Baron empört.
Der Redner grinst verlegen.
Rasputin hat den Zwischenruf gemacht.
Er wiederholt ihn.
Bravo der Bauern.
Der Redner spricht:
»Gehorcht dem Zaren und gebt dem Zaren, was des Zaren ist – und der Bauer wird bekommen, was des Bauern ist.«
Der Baron klatscht in die Hände.
Die Bauern sind unzufrieden.
Da löst sich Rasputin aus der Menge und steigt aufs Katheder.
Er fegt den Oberpriester mit einer Handbewegung herunter und spricht stockend, ungalant,
aber mit lebendigen Bewegungen und Gesten.
Er spricht, daß Gott die Erde den Menschen allen zur Nutznießung gegeben habe – nicht nur einzelnen – Der Baron ist empört –
die Bauern lauschen erregt –
Und er spricht weiter:
»Wenn der Zar den Bauer liebt, wie der Bauer den Zaren: so schenkt er ihm Land und Erde, Erde und Land und nimmt es aus den seinen Händen der wenigen und gibt es in die schwieligen Hände der vielen –«
Der Baron springt zornig auf –
Die Bauern begeistert:
Sie tragen Rasputin auf ihren Händen in seine Wohnung: »Bravo, Grischka, du hast recht! Du sollst in die Duma! Du bist einer der Unseren! Gib's dienen da oben!«
Grigory Rasputin ist in seinem Dorfe berühmt geworden.
Die Bauern scharen sich um ihn,

sie drücken ihm die Hand.

Nur der Baron Akim macht einen weiten Bogen um ihn.

Oberpriester Wostorgow ist nach Moskau zurückgekehrt und erstattet dem Wahlkomitee Bericht.

»Wenn man Erfolg haben will, braucht man Agitatoren aus dem Bauernstande selbst!«

Und er berichtet von dem schlagfertigen Muschik Grigory Rasputin im Bezirk Tobolsk, der ungebildet und dumpf,

aber ein suggestiver Redner sei.

Man müsse ihm nur das beibringen,

was er dann reden solle –

so würde man in ihm eine unschätzbare Hilfe haben.

Der Vorsitzende des Komitees lacht:

»Man zähmt einen Elefanten, um dann die ganze Herde zu fangen!«

Wostorgow: »Ganz recht!«

Es geht ein Telegramm an das Gouvernement Tobolsk, den Postknecht Grigory Rasputin aus Pokrowskoje sofort nach Moskau zu schicken.

Der Gendarmerie ist das öffentliche Auftreten Rasputins in der Versammlung gegen den Oberpriester Wostorgow bekannt.

Grigory Rasputin wird nachts aus dem Bett heraus von Gendarmen verhaftet, die ebenso wie die Bauern glauben, er solle in Moskau vors Gericht.

Er wird in Ketten gelegt.

Bauern und Bäuerinnen küssen ihm die Hände.

Er wird in viele Tage langer Fahrt

im Viehwagen

zwischen Kälbern und Schweinen,

von Soldaten mit aufgepflanztem Bajonett begleitet, nach Moskau transportiert.

Er bekommt aus demselben Eimer Wasser zu saufen wie das Vieh, schmutzig, mit struppigem Bart

kommt er in Moskau an –

Da erwartet ihn auf dem Bahnhof

Wostorgow

und einige Damen des Komitees,

denen Wostorgow von dem sonderbaren Muschik erzählt –

Wie ein Märtyrer entsteigt Rasputin dem Wagen – ungepflegt – struppig – schmutzig – Wostorgow begrüßt ihn

das Mißverständnis von seiner Verhaftung klärt sich auf.

Die Ketten werden ihm abgenommen.

Er wird im Triumph an einen Wagen geleitet.

Rasputin schlägt die Pferde mit der Hand auf die Flanken – »Verstehe etwas von Pferden«, sieht sich im Kreise um,

»und Menschen!«

Fährt durch die Straßen der großen Stadt. Erstaunt blickt Rasputin die eleganten Läden,

die hohen Häuser,

die vielen Menschen,

die prächtigen Kathedralen,

den Reichtum,

die Armut,

das Getriebe.

Dämmerung.

Lichter blitzen auf, zehn, hundert, tausend.

Im Haufe Wostorgows.

Wostorgow mustert ihn von oben bis unten: »So kann ich dich den vornehmen Herrschaften nicht präsentieren.« – Er führt ihn ins Badezimmer, das Rasputin mißtrauisch mustert.

Es wird ein Bad gerüstet,
Rasputin in die Wanne gesteckt.
Wostorgow selbst bürstet ihn ab.
Ein Dienstmädchen bringt ein seidenes Russenhemd,
Hosen, langen Rock, hohe schwarze Stiefel – Rasputin zieht sich an.
Wostorgow hängt ihm noch ein Kreuz um den Hals.
»Jetzt siehst du sehr würdig drein,
Grigory Rasputin! Komm!«
Tee bei der Gräfin Ignatiew.
Viele vornehme Damen.
Auch Anna Wyrubowa, Hofdame der Zarin.
Gespannte Erwartung
auf den angekündigten Bauern,
den Muschik,
den Sohn der russischen Erde,
von dem, wie Dostojewski einst geweissagt hat,
das Heil Rußlands kommen soll.
Rasputin wird gemeldet.
Wostorgow geht voraus,
Rasputin wartet allein im Vorzimmer.
Dort hängt ein Bild der Menschenmutter
Eva in Lebensgröße,
eine nackte weibliche Gestalt.
Rasputin betrachtet erst verwundert
dann erfreut
das Bild,
zieht aber plötzlich sein Messer aus dem Stiefelschaft und schneidet der Figur ein Kreuz in die nackte Brust.
Die Gräfin Ignatiew kommt ihn holen –
Rasputin weist auf das Bild:
»Es ist nicht wohlgetan, die Menschenmutter Eva nackt allen lüsternen Blicken preiszugeben –«
und er schlägt das Kreuz über das Bild.
Die Gräfin ist ob solcher naiver Frömmigkeit gerührt:
»Ich will das Bild morgen auf den Speicher bringen lassen.«
Rasputin, mit großer Geste:
»Nein – jetzt – heute – sofort!«
Die Gräfin, fasziniert, klingelt.
Zwei Diener treten ein.
Sie gibt den Befehl.
Die Diener heben das Bild ab –
Da erkennen sie den kreuzförmigen Schnitt –
Die Gräfin tritt näher –
Wo Rasputin das Kreuz über das Bild geschlagen,
ist ein kreuzförmiger Schnitt im Bild:
Ein Wunder,
ein Wunder ist geschehen
Und ein Wundermann,
ein heiliger, uns erstanden!
Im Salon der Gräfin entsteht eine ungeheure Aufregung.

Alle Damen betrachten das Bild.
Auch Anna Wyrubowa.
Da tritt Rasputin auf sie zu,
legt die Hand auf ihren Arm:
»Erkennst du mich?« (Er duzt nach Bauernsitte alle Menschen.) Sie zögert – »Kannst du dich nicht besinnen? – Ich habe dir einmal das Leben gerettet!«
Und er zieht das Heiligenbild hervor,
das Anna Wyrubowa ihm einst gegeben – Anna Wyrubowa:
»So wart Ihr der Heilige, der in Gestalt eines Postknechtes den durchgehenden Pferden in die Zügel fiel?«
Sie küßt ihm die Hand.
Alle drängen sich um ihn.
»Segne uns, Väterchen!«
Unter den Damen ist auch
Irina.
Eine Verwandte der Gräfin Ignatiew.
Sie ist sechzehn Jahre alt geworden.
Schön,
strahlend.
Rasputin tritt auf sie zu:
»Irina – Täubchen – auch dir habe ich einmal das Leben gerettet – im Weiher –«
Irina errötet.
Sie fühlt seine faszinierenden Augen auf sich gerichtet.
Ihr wird schwindlig.
Sie tritt zurück.
Wostorgow kommt gar nicht mehr zur Geltung.
Der Plan mit dem »Bauernagitator« wird gar nicht mehr erwähnt.
Denn statt dessen ist ein neuer Heiliger aufgetaucht,
aus niederem Stande, wie einst Christus selbst.
Die vornehmen Damen der Residenz reißen sich darum,
ihn zum Tee bei sich zu haben.
Es geht eine sonderbare mystische Kraft von ihm aus.
Er beginnt bei den Gesellschaften zu predigen, mit einfachen, leicht faßlichen,
suggestiven Worten,
die bei der verderbten Moskauer Gesellschaft auf fruchtbaren Boden fallen.
So predigt Rasputin:
»Hat Christus nicht gesagt, ich bin gekommen, die Sünder zur Buße zu rufen – und nicht die Gerechten? Um Buße zu tun – muß man zuvor sündigen: Und wie befreit man sich am heiligsten von der Sünde? Indem man sie tut! Wie befreit man sich von der Feuersbrunst der Begierde? Indem man sie löscht!«
Gebannt hängen die Blicke der Damen an seinen Lippen, die solche lästerliche Worte von sich geben.
Grigory Rasputin kommt nach Hause,
in die kleine Wohnung,
die seine Verehrerinnen eingerichtet.
Geht an den Spiegel.
Sieht hinein.
Will sich sehen,
sich erkennen.
Wer bin ich?
Ein guter Mensch?
Ein Heiliger?

Ein Teufel?
Er zieht Grimassen vor dem Spiegel.
Seine eigenen Augen faszinieren ihn.
Da hört er Musik vom Hof herauf.
Geht an das Fenster.
Hofsänger singen ein russisches Lied.
Er lächelt,
er lacht.
Und plötzlich beginnt er zu tanzen.
Wild –
Immer wilder,
bis er erschöpft im Sofa zusammenbricht.
Es klopft an seine Tür.
Mehrmals.
Das Dienstmädchen bringt den Tee.
Er umarmt sie, daß das ganze Geschirr zu Boden fällt.
Sie läßt sich widerstandslos in seine Arme gleiten.
Irina trifft sich mit Jussow.
Sie reiten zusammen aus.
Irina erzählt von Rasputin.
Jussow schwingt verächtlich seine Gerte:
»Er ist ein Schwindler!
Ein Betrüger!«
Irina trifft bei einem Morgenritt, als sie allein reitet, zufällig im Park auf Rasputin. Sie will
an ihm vorbereiten, da ruft Rasputin dem Pferd einige Worte zu. Und das Pferd bleibt zitternd
stehen und ist auch mit der Peitsche und den Sporen nicht vorwärts zu treiben.
Rasputin lächelt:
»Irina, Täubchen, du mußt einmal zu mir kommen, beichten – oder bist du kein sündiger
Mensch?«
Irina: »Ihr seid kein Priester! Ihr habt nicht die Weihen!«
Rasputin: »Aber die Gnade Gottes hat mir die Priesterschaft verliehen!«
Er gibt dem Pferd einen Streich.
Das Pferd galoppiert von dannen.
Rasputin sieht Irina nach.
»Die körperliche Reinigung«, so predigt Rasputin, »hat mit der seelischen Reinigung Hand
in Hand zu gehen.«
Eine der russischen Badestuben.
Ein Dutzend Damen um Rasputin versammelt.
Er predigt.
Es ist heiß in der Badestube.
Er wirft seinen Überrock ab.
Alle Frauen geraten in Ekstase.
Er tauft sie neu.
Er spritzt das Wasser über ihre eleganten Kleider,
die sie sich dann herunterzureißen beginnen.
Sie tanzen rasend,
halbnackt
um ihn herum,
der sie blasphemisch segnet.
Da
wird die Tür aufgerissen,
Polizei.

Der Priester Wostorgow,
Angewidert von Rasputins Treiben,
hatte sich mit der Polizei in Verbindung gesetzt.
Die halbnackten Damen,
nur ihre Pelze übergeworfen,
werden von den Polizisten ironisch
durch den Schnee
zu ihren Schlitten geleitet,
Rasputin selbst verhaftet
und in ein entlegenes Kloster verschickt
am Weißen Meer.
Ein Skopzenkloster.
Rasputin im Skopzenkloster.
Er tut eifrig mit als Laienbruder:
Messe und Liturgie,
und lernt noch manches von den heiligen Gebräuchen.
Die Skopzen versuchen ihn zu überreden, in ihre Gemeinschaft zu treten und sich entmannen zu lassen.
Rasputin: »Nein – Gott hat Mann und Weib geschaffen – den Kapaun hat er nicht gemacht...«
Die »Rasputiniade«, die so viel Staub in der russischen Gesellschaft aufgewirbelt, scheint zu Ende.
Irina atmet wie befreit auf.
Irina und Jussow, der zum Leutnant im Wolhynischen Reiterregiment avanciert ist, lieben einander.
Er gesteht ihr seine Liebe.
Petersburg – das nördliche Venedig –
Kanäle – gewölbte Brücken –
ein magischer Traum –
Der Zar lebt mit der Zarin, der schönen Alexandra, der Niemka, »der Deutschen«, in glücklicher Ehe.
Vier Töchter, eine schöner als die andere, sind der Ehe entsprossen: Olga, Tatjana, Maria, Anastasia.
Aber den ersehnten Sohn,
den Thronfolger,
hat ihnen der Himmel versagt.
Die Ärzte werden befragt.
Sie wissen keinen Rat.
In der Verzweiflung ruft die mystisch veranlagte Zarin allerlei Wundermänner, Zauberer an den Hof, die Hexe Darja,
den Doktor der tibetanischen Medizin:
Hadmajew,
den »heiligen Idioten« Kolja: einen tauben, verstümmelten, buckligen Zwerg.
Jeder verspricht ihr durch seinen frommen Zauber »den Sohn«.
Vergeblich.
Die Zarin verfällt in schwere Melancholie.
Anna Wyrubowa, die Hofdame, ist bei der Zarin.
Anna Wyrubowa, die noch immer an Rasputin glaubt.
Anna Wyrubowa spricht mit der Zarin:
»Es gibt einen Menschen auf der Welt, einen Heiligen, der Euer Majestät zu helfen vermag –«
Die Zarin lächelt gequält.
»Nenne seinen Namen!«

Anna Wyrubowa: »Rasputin!«

Die Zarin: »Ich habe von ihm gehört. Er ist ein unheiliger Mensch und wegen seines lästerlichen Lebens in ein Kloster verbannt worden –«

Anna Wyrubowa: »Zu Unrecht! Laßt ihn rufen! Er wird euch helfen durch die Kraft seines Gebetes!«

Die Zarin verbringt eine schlaflose Nacht.

Der Zar am Morgen an ihrem Bett.

Er reitet zu einer Truppenparade.

Die vier Prinzessinnen sagen der Mutter guten Morgen.

Badmajew, der tibetanische Arzt,

Darja, die Hexe,

Kolja, der Krüppel,

erscheinen –

Sie weist sie hinaus.

Sie läßt sie aus dem Palast werfen,

peitschen,

jagt sie davon wie Hunde –

Anna Wyrubowa erscheint.

Die Zarin: »Rufe mir Rasputin!«

Anna Wyrubowa frohlockt.

Sie schickt ein Telegramm an Rasputin,

Mit dem Rasputin im Kloster prahlt –

»Die Zarin ruft Euch. Haltet Euch bereit!«

Es kommt ein Flugzeug aus Petersburg.

Es geht in den Klosterwiesen nieder.

Verwundert laufen die Mönche herbei,

betrachten den Eisenvogel –

Der Pilot ist beauftragt,

Rasputin so schnell als möglich nach Schloß Zarskoje Selo zu bringen.

Rasputin segnet das Flugzeug,

Segnet die Mönche.

Dann steigt er ein.

Das Flugzeug erhebt sich in die Lüfte.

Geht in Zarskoje Selo nieder,

gerät in Baumkronen,

zerbricht,

zersplittert,

Der Pilot bricht sich das Genick.

Wie durch ein Wunder entgeht Rasputin dem Tode.

Wie ein Phönix der Asche,

entsteigt er dem zerschmetterten Flugzeug, geht durch den Park, die Pappelallee herauf,

kommt von der Rückseite des Schlosses zu dem Gemach der Zarin, wo ein riesiger Äthiopier Wache hält.

»Sage der Zarin, Rasputin ist da!«

Anna Wyrubowa hat die Stimme Rasputins gehört.

Sie öffnet die Tür,

läßt Rasputin eintreten,

der voller Würde

an das Bett der Zarin tritt.

Er streichelt ihr unbefangen die Hand.

»Was willst du? Du hast mich rufen lassen!«

Die Zarin angstvoll:

»Man sagt, Ihr seid ein Heiliger und habt die Gabe, in die Zukunft zu sehen. Ich bin so oft betrogen worden. Sagt: werde ich einen Sohn haben?«

Rasputin winkt Anna Wyrubowa:

»Laß uns allein! Sorge, daß wir nicht gestört werden!«

Rasputin allein mit der Zarin, die er mit seinen großen Augen lange ansieht, dann streicht er ihr mit der Hand über die Stirn:

»Du – wirst – einen – Sohn – haben –

Du – wirst – einen – Sohn – haben –«

Nach einigen Wochen fühlt sich die Zarin Mutter.

Im Palast herrscht größte Aufregung.

Der Zar ist zärtlich besorgt.

Rasputin lebt zurückgezogen in Petersburg. Nur manchmal führt ihn die Wyrubowa zur Zarin, die an ihn zu glauben beginnt

wie an einen Starost.

Nach neun Monaten –

Ein Hin und Her von Ärzten und Hebammen im Palais –

alles geht auf Zehenspitzen –

Die Stunde der Geburt naht –

Die Zarin gebärt einen Sohn!

Den langersehnten Thronfolger.

Jubel im Palast.

Alles umarmt sich.

Jubel im Volk.

Illumination in den nächtlichen Straßen.

Die glückselige Zarin

hält im Steckkissen

den Sohn an sich gepreßt –

sie weint vor Glück –

Der Zar ist überglücklich –

er empfängt zum erstenmal

Rasputin,

nimmt ihn bei beiden Händen

und verleiht ihm das Amt eines kaiserlichen »Bewahrers der ewigen Lampen«.

Auch der Zar

glaubt fürder an Rasputins übersinnliche Kräfte,

während im Volk

da und dort

Gerüchte auftauchen,

als wäre der Zar

nicht der Vater des Zarewitsch –

Auch Irina,

jetzt zur Hofdame der Kaiserin avanciert,

hört von den Gerüchten,

erzählt Jussow davon –

und wie sie einmal,

hinter einer Säule,

zufällig beobachtete,

wie Anna Wyrubowa Rasputin heimlich zur Zarin führte.

Jussow schließt ihr mit der Hand den Mund: »Die Wände haben Ohren! Schweig!

Und behalte Rußlands Schande für dich –«

Die Gegner Rasputins sind durch das Eintreffen seiner Prophezeiung, daß die Zarin einen Sohn gebären würde, geschlagen.

Rasputin steht hoch in Gunst
bei Zar und Zarin,
vergeblich versuchen einige Großfürsten,
wie Nikolaj und Dimitrij,
den Zaren zu warnen.
Sie sprechen tauben Ohren.
Die Höflinge versuchen
Rasputins Gunst zu gewinnen,
der,
in Sicherheit gewiegt durch die Gnade der Majestäten, sein altes Leben mählich wieder beginnt.
Nächte lang bringt er, mit Zechkumpanen, »bei den Zigeunern« zu, in der verrufenen Villa Rhode,
trinkt,
tanzt,
macht den Zigeunerinnen täppische Liebeserklärungen.
Er predigt:
»Du sollst deinen Nächsten lieben wie dich selbst. – Ich liebe mich sehr. – Also muß ich euch alle auch sehr lieben. Ihr, meine Nächsten –«
Die Zarin führt den Thronfolger im Park spazieren.
Irina ist bei ihr.
Rasputin kommt.
Tändelt mit dem Kind.
Die Zarin bemerkt Rasputins Interesse für Irina, »das Täubchen«.
Eifersucht erwacht in ihr.
Rasputin hat jetzt eine Wohnung,
wo er von Bittstellern aller Art überlaufen wird.
In seinem Vorzimmer gibt sich halb Petersburg ein Rendezvous: Beamte, die Karriere machen wollen,
allein oder durch eine hübsche Frau,
Bankiers, die Rasputin bestechen wollen,
Offiziere, Studenten, Bauern, Arbeiter, Popen, Frauen aller Stände, Dirnen, Damen der Gesellschaft, die Abenteuer suchen.
Viele haben Bittzettel in den Händen. Andere beten den Rosenkranz. Hin und wieder öffnete sich die Tür im Hintergrund und Rasputin erscheint.
Rasputin hat zwei Sekretäre, seine Jugendfreunde Ossip und Porfiri, feine Saufkumpane.
Stolz auf seine Macht,
hilft er aus Eitelkeit gern.
Er kritzelt seine Wünsche auf abgerissene Zettel,
Anweisungen an die Minister.
Er macht Minister.
Er stürzt Minister.
Er, der einfache Muschik, ist zur höchsten Machtstufe emporgestiegen.
Zar und Zarin lauschen seinem Rat.
Der Thronfolger Alexej wächst heran.
Der Matrose Derewenko trägt ihn auf seinen Armen.
Der Zar und Zarin lieben den Zarewitsch abgöttisch –
der von zartester Gesundheit ist.
Der kleine Zarewitsch hängt an »Onkel Grischa«, an Rasputin, der ihm allerlei Märchen erzählt, mit ihm spielt,
ihn auf sich reiten läßt.
Der europäische Himmel bewölkt sich. Klarer Himmel, an dem ein Gewitter aufzieht.

Blitz und Donner.

Der österreichische Thronfolger ist in Sarajewo von einem Serben ermordet worden. Auf der Straße werden Extrablätter ausgerufen, die sich die Menschen aus den Händen reißen.

Lähmendes Entsetzen und furchtsame Erwartung des Kommenden.

Thronrat in Petersburg.

Der Zar steht am Fenster seines Arbeitszimmers und sieht zum Himmel auf, der sich jäh verfinstert.

Diener bringen Kerzen.

Die Minister versammeln sich.

Kriegsminister: »Wir dürfen dem Krieg nicht ausweichen! Wir sind gerüstet.«

Innenminister: »Wir haben den Krieg nötig, um den Ausbruch innerer Unruhen zu verhindern. Die Bauernfrage ist noch immer nicht gelöst.«

Der Zar, unschlüssig, beißt sich auf die Lippen.

Zarin kommt herein: »Was willst du tun?«

Der Zar zuckt die Achseln.

Er steht am Fenster und sieht dem Gewitter zu.

Die Zarin: »Frage den Wundermann, frage ihn, der uns so oft die Wahrheit gekündet!«

»Rasputin?«

»Ja!«

»Wo ist er?«

»Er wartet draußen.«

Zar: »Laß ihn herein –«

Rasputin kommt.

Schiebt Zeremonienmeister und Diener beiseite,

tritt hochaufgerichtet ins Zimmer,

Er mustert der Reihe nach jeden

mit seinen großen Augen,

Tritt zum Kriegsminister:

»Du bist ein Dummkopf!«

Verlegenheit des Kriegsministers –

Rasputin tritt zum Innenminister:

»Du bist ein Dummkopf!«

Ärger des Innenministers.

Rasputin tritt zum Zaren:

»Du bist –«

lächelt –

»– der Herr über Krieg und Frieden! Wähle den Frieden! Der Krieg wird Rußland vernichten! Liebet eure Feinde! Der Krieg beleidigt Gott! Und denke an eins, was ich dir jetzt sage: Wenn ich nicht mehr sein werde, wirst du auch nicht mehr sein!«

Geht hochaufgerichtet ab,

schlägt die Tür hinter sich zu.

Alle bleiben erstarrt zurück.

Die Zarin: »Das Volk hat gesprochen! Es war des Volkes Stimme!«

Der Kriegsminister nimmt die Erklärung der Mobilmachung aus seiner Aktentasche, bittet den Zaren zu unterzeichnen – der Zar nimmt das Dokument,

liest,

nimmt den Federhalter,

wirft den Federhalter fort,

geht.

Rasputin bei Ossip und Porfiri,

seinen Kumpanen.

Sie saufen.

Ossip – »Du hast ihnen den Frieden empfohlen? Im Krieg lassen sich allerlei Geschäftchen machen.«

Rasputin: »Mich dauert das Blut der armen unschuldigen Menschen, das fließen wird – um nichts –«

Rasputin legt das Haupt auf den Tisch.

Die beiden andern erheben sich leise und gehen.

Konferenz der Minister.

Polizeiminister: »Wir werden das Attentat eines Deutschen auf den Zaren inszenieren?«

Kriegsminister,

Innenminister,

Leuchten auf: »Ein trefflicher Gedanke!«

Der Zar erhält täglich Drohbriefe –

sie stecken früh in seiner Litewka,

mittags bei Tisch unter seinem Kuvert.

Sie sind von der Ochrana, der Geheimpolizei,

selbst hineingeschmuggelt.

Die geheime Polizei – Ochrana – engagiert einen armen Teufel von Deutschen in einer Spelunke, um gegen Zahlung von 500 Rubeln und garantierter Freilassung ein Revolverattentat auf den Zaren zu unternehmen.

Er wird von der Polizei selbst in den Park von Zarskoje Selo geschmuggelt, hinter ein Gebüsch versteckt.

Der Zar kommt auf seinem gewöhnlichen Morgenspaziergang die Kieswege entlang geschritten mit dem kleinen Zarewitsch – Da springt ein verdächtiges Individuum hinter einem Busch hervor – legt an,

Der Zar deckt den Zarewitsch mit seinem Leib. Das Individuum schießt mehrmals, daneben, wird von herbeilaufender Palastwache überwältigt.

Der Zar im Schloß.

Die Zarin bei ihm, außer sich,

Rapport des Palastkommandanten:

»Der Attentäter ist ein Deutscher!«

Der Großfürst Nikolaj kommt:

»Da siehst du, wie die Deutschen sich gegen dich benehmen!«

Die Botschafter Englands und Frankreichs beim Zaren,

Großfürst Nikolaj,

Die Minister,

Die Generäle.

Der Zar,

noch immer unschlüssig,

spielt mit den Würfeln, die von einem Spiel mit dem Zarewitsch zurückgeblieben – Die Zarin kommt,

Zar:

»Wenn ich achtzehn würfle, soll es ein Gottesurteil sein!«

Er wirft die Würfel um: Achtzehn!

Er unterzeichnet die Kriegserklärung, die Großfürst Nikolaj ihm fast aus der Feder, noch feucht, entreißt.

Großfürst Nikolaj wird zum Oberkommandanten ernannt.

Die Zeitungen bringen die Nachrichten von dem Attentat, von der Kriegserklärung.

Kriegsstimmung und -begeisterung

auf den Straßen.

Umzüge bilden sich.

In den Lokalen wird die Zarenhymne gespielt.

Fahnen.

Einrückende Reservisten.

Schluchzender Abschied von Frau und Kind, von der Braut.

Abschied Irinas von Jussow, der ins Feld rückt.

Der Thronfolger Alexej ist infolge der beim Attentat erlittenen Aufregung erkrankt. Er leidet an schweren, kaum stillbaren Blutungen.

Große Aufregung im Schloß.

Die Ärzte kommen und gehen,

die Mutter ist verzweifelt,

der Zar niedergedrückt.

Die Ärzte zucken die Achsel.

Es steht sehr schlimm.

Die Zarin schickt Anna Wyrubowa zu Rasputin.

Rasputin geht ans Telephon,

läßt sich mit Zarskoje Selo verbinden,

läßt die Zarin ans Telephon rufen:

»Bist du da, Mammuschka? Höre, nimm den Kranken aus dem Bett, und halte ihn mir ans Telephon, daß er meine Stimme hört.«

Die Zarin selbst trägt den Knaben ans Telephon:

Rasputin: »Bist du da, Aljoscha?«

Der Knabe, lächelnd, matt: »Ja«.

Rasputin: »Hörst du mich?«

Der Knabe: »Ja«.

Rasputin: »Du wirst jetzt schlafen – sofort – schlafen – wirst vierundzwanzig Stunden schlafen – und dann gesund sein –«

Der Knabe beginnt schon während des Gespräches lächelnd einzuschlafen.

Glückselig, trägt ihn die Mutter ins Bett.

Der Knabe genest langsam.

Der riesige Matrose Derewenko trägt den rekonvaleszenten Knaben im Park auf den Armen zu seinen Lieblingssitzen.

Ein Bernhardiner, sein Lieblingshund, begleitet ihn immer.

Der Matrose läßt den Knaben sorgsam auf eine Bank nieder.

Die Zarin und Rasputin kommen gegangen.

Rasputin geht auf den Knaben zu,

setzt sich neben ihn,

er nimmt seine Hand,

er beginnt zu erzählen:

»Es war einmal ein kleiner Zarewitsch, der war immer brav und folgsam – und folgte seiner lieben Mutter und seinem lieben Onkel Grischa...«

Der Knabe lächelt.

Er reißt einen Blütenzweig von dem Baum über ihm und reicht ihn Rasputin, der ihn der Zarin überreicht.

Rasputin und die Zarin entfernen sich.

Sie gehen durch dunkle Laubgänge des Parkes,

Die Zarin fällt vor Rasputin nieder,

sie küßt ihm die Hand.

Rasputin: »Gott hat deine Tränen gesehen und deine Gebete erhört! Dein Sohn wird leben!«

Die ersten Verwundeten von der Front treffen ein.

Die Zarin geht, gefolgt von Damen der Gesellschaft, darunter Irina, in Schwesterntracht, durch die Lazarette, spricht hier mit einem,

legt dort die Hand auf die Decke,

verteilt Zigarren und Zigaretten,

Süßigkeiten,

Blumen.
Rasputin macht seinen Frieden mit dem Krieg.
Er verkauft Heereslieferungen an den Meistbietenden.
Bankiers, Schieber, Spitzel drängen sich in seinem Vorzimmer, denen er Waffen-, Zwieback-,
Schuh-, Pulverlieferungen für das russische Heer zuschanzt.
Ein Wachskerzenfabrikant bittet ihn um Hilfe. Rasputin: »Die Zarin wird zehn Kerzen für
jede Kirche Rußlands stiften. Beteiligung fünfzig Prozent?«
Der Schieber, erfreut: »Abgemacht«.
Und während an der Front,
im Schützengraben,
der Muschik heldenhaft kämpft und stirbt, zieht im Hinterland die Korruption, von Rasputin geschürt,
ihre grausigen Kreise.
Die Schuhe, die den Soldaten geliefert werden, enthalten Pappsohlen.
Ein Zug mit Lebensmitteln fährt von Petersburg zur Front ab, kommt nie an.
Tausende von Munitionskisten werden an der Front ausgeladen – alles springt vorsichtig zur
Seite –
die Vorsicht ist unnötig:
oben sind zehn Zentimeter Pulver,
darunter alles Staub –
In den Restaurants werden »Sammlungen zugunsten der Kriegsblinden« veranstaltet, Porfiri
und Ossip gehen sammeln, das Geld fließt in ihre Hände.
Während der Muschik von Granaten zerrissen wird,
die Maschinengewehre knattern,
knallen in den Vergnügungsrestaurants
in Petersburg
die Sektpfropfen.
Verwundete und Kriegskrüppel,
die betteln,
werden hinausgeworfen.
Sie stören den Gästen den Appetit.
Rasputin verjubelt die Bestechungsgelder,
in Lokalen zweifelhafter Art,
mit Zigeunerinnen, Negerinnen, Chinesinnen –
Zuweilen predigt er auch
in der Trunkenheit
vom Podium der Musikkapellen herunter,
und alle Gäste,
betrunken wie er,
wälzen sich vor Lachen.
Er hat sich in seiner Wohnung eine Kapelle eingerichtet, mit Beichtstuhl,
vor ihm die vornehmen Damen
und auch die minder vornehmen leichten kommen,
er benebelt sie
mit Weihrauch und Phrasen.
Zuweilen sieht man eine Karosse
durch die Straßen fahren,
die an einer Ecke hält,
eine tief verschleierte Dame geht
zu Fuß durch enge Straßen
zur Wohnung Rasputins
und verschwindet durch den Hinteraufgang.

(Es ist die Zarin.)
Die anfängliche Siegesstimmung im Volk
hat Zweifeln und Depressionen Platz gemacht.
Man hört die Leute in den Cafés und den kleinen Straßen verstohlen tuscheln.
Sie glauben den Heeresberichten nicht mehr.
Sie sehen die Korruption im Hinterland
und ballen die Fäuste.
Manche Faust ballt sich gegen Rasputin,
wenn er durch die Straßen geht.
Der Zar spielt am Fußboden mit dem Zarewitsch.
Es sind Holzsoldaten aufgestellt.
Sie spielen,
schießen mit kleinen Kanonen,
Soldaten fallen um.
Ein Kurier wird gemeldet,
tritt ein.
Der Zar blickt kniend vom Fußboden auf,
ärgerlich: »Was gibt's?«
»Majestät haben die Schlacht bei Lodz verloren – achtzigtausend Tote –«
In diesem Moment
schießt der Zarewitsch.
Eine ganze Reihe Holzsoldaten
fällt um.
Er klatscht jubelnd in die Hände:
»Gewonnen!«
Die Russen auf dem Rückzug
in Sturm und Regen.
Rasputins unheiliges Leben erregt immer mehr Anstoß, besonders, da er sich der Maske
des Mönches bedient, obwohl er nie die Priesterweihen empfangen. Der oberste Synod der
russischen Kirche beschäftigt sich mit der Rasputiniade.
Rasputin wird vor den obersten Synod geladen,
und erscheint,
da er Feigheit nicht kennt.
Der oberste Geistliche,
ein uralter Herr,
verflucht ihn:
»Du schändest Rußland,
du schändest die heilige Kirche,
du schändest den Namen des Zaren und der Zarin,
die unter deinem furchtbaren Einfluß stehen.
Du bist der Antichrist!«
Alle Geistlichen stehen erregt auf,
schütteln die Hände gegen Rasputin,
speien auf ihn –
der sich nicht wehrt.
»Du gibst dich aus als einen Mönch! Wo aber sind die drei Mönchsgelübde: Keuschheit,
Armut, Gehorsam, bei dir?
Du gehorchst nur dem Teufel,
nimmst Bestechungsgelder und lebst in Saus und Braus,
du bist ein Rasputnik,
ein Wüstling,
wie dein Name sagt!«

Rasputin: »Hochwürden, du irrst:

Ich heiße Rasputin, weil ich an der Raspute, an der Wegscheide zweier Weltalter stehe – Gott liebt mich – und seinen Lieblingen vergibt Gott viel –«

Der oberste Geistliche schwingt das Kruzifix, und alle Geistlichen dringen mit Kruzifixen auf ihn, daß es aussieht, als wollen sie ihn mit den Kruzifixen erschlagen: »Schwöre auf das Kruzifix, Buße zu tun und nie mehr den Palast des Zaren zu betreten –«

Rasputin

in die Enge getrieben,

schwört!

Die Geistlichen lassen von ihm ab. –

Rasputin hat nichts Eiligeres zu tun als den Schwur zu brechen und den Vorfall der Zarin zu erzählen, die in ihm einen Märtyrer sieht: »Heilige werden immer verleumdet.«

Es gelingt, den Zaren zu veranlassen, den obersten Geistlichen des Synods abzusetzen, »wegen Erpressung«, und nach Sibirien zu verbannen.

An seine Stelle tritt,

von Rasputin vorgeschlagen,

der Abt des Klosters von Pokrowskoje,

der ihn einst schreiben und lesen gelehrt,

und den er nicht vergessen.

Währenddessen zieht der Unwille über Rasputins Günstlingswirtschaft immer weitere Kreise.

In der Duma spricht der Abgeordnete Purischkewitsch von den »geheimnisvollen Mächten, die Rußland entehren« und von einer gewissen »verabscheuungswürdigen Person«, dem »Antichrist in Person«. Auf der Galerie lauscht ihm Felix Jussow, glühender Patriot, auf Urlaub gekommen,

Dem das Unglück Rußlands im Herzen brennt.

Er klatscht Purischkewitschs Worten begeistert Beifall, wie das ganze Publikum auf der Galerie.

Die Galerie wird wegen ungebührlichen Benehmens geräumt.

Jussow sucht den Abgeordneten Purischkewitsch in seiner Wohnung auf.

Er schüttet ihm sein Herz aus –

seinen Plan,

das Unheil Rußlands:

Rasputin,

zu beseitigen.

Ein hergelaufener Muschik darf doch nicht länger über Rußland herrschen, ein wildes Tier, eine ungezähmte, unzähmbare Bestie.

Purischkewitsch lauscht ihm nachdenklich. Er schüttelt ihm die Hand: »Wir werden einen Weg finden, der aus dem Sumpf herausführt, in dem wir zu versinken drohen.«

Abends geht Jussow mit Irina in ein elegantes Restaurant Petersburgs speisen.

Sie nehmen Platz.

Sprechen zärtlich zueinander.

Nach einer Weile

kommt Rasputin

mit seinen Getreuen: Ossip, Porfiri,

dem ehemaligen Abt von Pokrowskoje.

Er bestellt Sekt.

Sie trinken,

sie saufen,

Musik!

Der Zigeunerprimas tritt ganz nahe an Rasputin, geigt ihm die Melodien ins Ohr.

Rasputin steht auf,

tanzt.

Er tanzt immer näher zu Irina hinüber,
bis er sie umtanzt
und vor ihr niederfällt.
Er greift nach ihren Händen,
ihren Brüsten.
Jussow ist erbleicht,
er ist aufgestanden
und schlägt Rasputin mit der Faust ins Gesicht,
welcher zurücktaumelt.
Alle Anwesenden sind entsetzt.
Polizei ist sofort im Lokal.
Jussow wird von dannen geschleppt –
Irina steht ganz betäubt.
Niemand ist mehr im Lokal
als Rasputin
und Irina.
Sie scheint völlig willenlos.
Er sieht sie groß an.
Sie weicht entsetzt vor ihm zurück.
»Irina, Täubchen –«
Er geht auf sie zu.
Sie bricht ohnmächtig zusammen.
Rasputin fängt die Ohnmächtige in seinen Armen auf.
Jussow im Gefängnis.
Schlägt wütend an die Stäbe.
Irina
von den Ereignissen der Nacht noch wie betäubt,
geht zu Rasputin.
Rasputin empfängt sie
in seinem schönsten gestickten Seidenhemd –
»Was wünschest du, Irina, Täubchen?
Du weißt, ich liebe dich, dein Wunsch sei im vorhinein erfüllt!«
Irina,
das Taschentuch knüllend,
mit verweintem Gesicht:
»Ich bitte euch: verzeiht Felix Jussow!
Er war betrunken!«
Rasputin, lächelnd:
»Dir zuliebe – sei ihm verziehen –«
Sie, leise lächelnd:
»Darf ich hoffen – daß er aus der Haft entlassen wird?«
Rasputin kritzelt einen Zettel:
»Sofort! Gib dies dem Polizeidirektor! Er kennt mich!«
Rasputin streicht sich seinen Bart.
»Noch eins, Irina, Täubchen. Schicke mir deinen Jussow. Ich habe mit ihm zu reden!«
Glücklich eilt Irina ins Gefängnis,
übergibt dem Direktor den Zettel Rasputins.
Der Direktor verneigt sich,
läßt einen Schließer rufen,
der Jussows Zelle sofort aufschließt.
Irina und Jussow sinken sich in die Arme.
Kaiserliches Theater,

Gala-Abend.
Der Zar und einige Großfürsten in der Hofloge,
beim Eintritt des Zaren erhebt sich das Publikum.
Das berühmte kaiserliche Ballet.
Die Pawlowa tanzt den »sterbenden Schwan«.
Sie sinkt in sich zusammen.
Großfürst Nikolaj zum Zaren:
»So wird Rußland dahinsinken!«
Der Zar verläßt das Theater.
Mit fortschreitendem Kriege
wagen sich deutsche Agenten nach Petersburg.
Der Finanzmann Manus, ein deutscher Agent,
veranstaltet üppige Gelage
mit Sekt und Weibern,
zu denen er Rasputin einlädt.
Rasputin wird betrunken gemacht
und plaudert in der Betrunkenheit seine Gespräche mit dem Zaren aus.
Rasputin wird die Idee eines Sonderfriedens mit Deutschland ins Ohr geträufelt. Es wird
ihm viel versprochen.
Rasputin setzt beim Zaren die Ernennung des dem Sonderfrieden geneigten Ministerpräsi-
denten Stürmer durch.
Und die russischen Truppen werden immer wieder geschlagen.
Im Hinterland wird die Bevölkerung unruhig.
Brot und Fleisch werden rar.
Hungersnot droht.
Kohlenmangel in Petersburg, alles friert.
Nur vor Rasputins Haus werden Kohlen abgeladen.
Schon im Morgengrauen stehen die Frauen an den Bäcker-und Metzgerläden an.
In den Vorstädten
die erste Plünderung!
Flüche des Pöbels erschallen
gegen den Krieg,
gegen den Zaren,
gegen Rasputin.
Auf riesigen Exerzierplätzen üben die Reservisten – mit Knüppeln, weil die Gewehre fehlen.
Versammlung der Großfürsten.
Man beschließt, dem verblendeten Zaren über die verräterischen Machenschaften Rasputins
die Augen zu öffnen.
Großfürst Nikolaj, der Oberkommandierende der russischen Armee, läßt sich beim Zaren
melden.
Großfürst: »Du mußt Rasputin fallen lassen. Er ist ein Verräter, die Schande Rußlands. Schon
spricht man in der Duma offen von seinem unverantwortlichen Regime, als sei er der Herrscher
Rußlands, nicht du!
Man spricht auch unehrerbietig von der Zarin – ja, man scheut sich nicht –«
Der Zar erregt: »Schweig! – Sprichst du nur in deinem Namen?«
Großfürst: »Ich spreche im Namen aller Großfürsten – und im Namen Rußlands.« – Der Zar
telephoniert mit Rasputin.
Bei Rasputin nimmt die Zarin den Hörer ab,
um ihn Rasputin zu reichen.
Rasputin: »Es ist Väterchen!«
Die Zarin erschrickt.
Rasputin: »Gut, ich komme sofort zu dir.«

Der Zar empfängt Rasputin.

Er raucht nervös eine Zigarette nach der andern.

»Unser Heer ist geschlagen.«

Rasputin: »Ich habe dir immer vom Krieg abgeraten. Du wolltest nicht hören.«

Zar: »Was soll ich tun?«

Rasputin: »Befrage den Geist deines Vaters, des Zaren Alexander, im Gebet. Zitiere ihn heute nacht um zwölf! Er wird dir antworten.«

Der Zar nachts im Gebet.

Es schlägt zwölf Uhr.

Aus der Portiere im Hintergrund des Zimmers

tritt der Geist Alexanders II.,

tritt auf den erblassenden Zaren zu.

»Du hast mich gerufen, Sohn! Was willst du?«

Zar: »Wie soll ich den Krieg weiterführen?«

Der Geist: »Du hast einen unfähigen Oberkommandanten, den Großfürsten Nikolaj. Er verliert alle Schlachten. Setz' ihn ab! Setze dich selbst an die Spitze der Truppen. Übernimm du den Oberbefehl! Und schließe einen günstigen Frieden mit den Deutschen – ehe es zu spät ist. Gewinne die Bauern! Gib ihnen ›Land‹, das ihnen seit Jahrhunderten versprochen wird!«

Der Geist verschwindet –

hinter die Portiere,

dann in einen Seitengang.

Man sieht Rasputins Gesicht im Mondschein dämonisch aufleuchten.

Der Geist: Rasputin.

Ein Ukas des Zaren enthebt den Großfürsten Nikolaj des Oberbefehls.

Der Zar selbst übernimmt ihn.

Ein Anschlag des Zaren an das Volk:

»Ich entbiete dir meine Grüße, o mein tapferes Volk! Ich werde dich führen! Halte durch! Ohne Sieg kein Frieden! Ihr Bauern, ihr sollt nach dem siegreich beendeten Krieg ›Land‹ haben!«

Der Anschlag findet Hohn, Verachtung beim Volk: »Ohne Sieg kein Frieden! Sehr richtig! Fragt sich nur, *wer* siegt!«

Es finden geheime Versammlungen der Arbeiter statt.

Eine Munitionsfabrik wird in die Luft gesprengt.

Der Kaiser hört die Detonationen in seinem Palast.

Der Zar reist mit Sonderzug in die Mitte seiner Truppen ins große Hauptquartier.

Abschied von der Zarin,

vom Zarewitsch,

von seinen Töchtern,

auf dem Bahnsteig in Zarskoje Selo.

Endlich meldet sich Jussow bei Rasputin.

Er bittet ihn um Verzeihung für jenen peinlichen Auftritt.

Rasputin wehrt ab:

»Ich habe hier einen Brief – mit Siegel – an den Zaren – den ich niemand sonst anvertrauen mag als dir – fahr ins große Hauptquartier – gib ihn persönlich ab!«

Jussow ist erstaunt über Rasputins Güte, versucht sein Erstaunen zu verbergen.

Rasputin: »Ich habe dir verziehen – um ihretwillen.«

Jussow trifft Irina.

Erzählt von Rasputins Auftrag.

Sie rät ihm, auf der Hut zu sein.

Er reist ins Hauptquartier.

Wird vor den Zaren geführt.

Gibt Rasputins Brief ab.

Der Zar erbricht ihn und liest:

»Dieser tapfere Offizier brennt darauf,
in der vordersten Linie zu kämpfen.
Gib ihm Gelegenheit dazu! – Gottes Segen über Dich! Grigory.«
Der Zar: »Ihr seid ein Patriot! Euer Wunsch soll erfüllt werden.«
Der Zar wirst den Brief zerknüllt zum Papierkorb,
er fällt daneben –
Der Zar verläßt das Zimmer.
Jussow bleibt zurück, stramm stehend,
dann rührt er sich.
Entdeckt den zerknüllten Brief am Boden,
Hebt ihn schnell auf,
glättet ihn,
liest ihn,
steckt ihn schnell ein.
Ein Kurier befiehlt ihn zu einem gefährlichen Patrouillenritt.
Unmöglich, sich zu widersetzen.
Er küßt Irinas Bild.
Er reitet.
Er wird vom Pferde geschossen.
Sanitäter finden ihn.
Er kommt in einen Sanitätszug, der nach Petersburg geht, wird in ein Lazarett eingeliefert,
wo Irina Krankenpflegerin ist.
Erst, als sie das Tuch zurückschlägt,
erkennt sie ihn.
Sie pflegt ihn mit zärtlicher Inbrunst.
Langsam genest er.
Er zeigt ihr den Brief Rasputins.
Irina, entsetzt: »Er wollte dich ermorden!«
Jussow: »Was liegt an mir! Er wird Rußland ermorden!«
Die Zarin ist allein im Schloß Zarskoje Selo zurückgeblieben, mit dem Thronfolger
und den Prinzessinnen.
Rasputin kommt zur Zarin.
Rasputin: »Mütterchen! Ich brauche Geld!«
Zarin sieht auf.
Rasputin: »Für fromme Werke! Will eine Kapelle bauen zu Ehren des kleinen Alexej, des
Thronfolgers. Soll in ihr immer für ihn gebetet werden!«
Zarin: »Ich habe kein Geld, frommer Vater –«
Rasputin: »Aber du hast den Kronschatz der Romanows! – Zeige ihn mir!«
Die Zarin, furchtsam, führt Rasputin in unterirdische Katakomben – in Gemächer, zu denen
nur sie den Schlüssel hat – sie kommen in einen Raum,
der ist voller Edelsteine, Gold, Kronen.
Rasputins Augen glänzen gierig.
Er nimmt die Krone der Romanows,
setzt sie sich auf den Kopf,
reißt sie dann herunter,
reißt mit rohen Fingern die kostbarsten Brillanten, Smaragde, Perlen aus der Krone, stopft
sie in seine Taschen wie Kieselsteine –.
Am nächsten Abend
in der Villa Rhode
bei den Zigeunerinnen,
Rasputin trinkt,
tanzt,

lacht,
wirft den Mädchen Perlen und Brillanten aus der Zarenkrone zu, die sich darum balgen.

Jussow ist genesen. Eines Tages kommt Rasputin in das Lazarett, die Soldaten zu segnen und Irina zu suchen.

Da findet er Jussow.

Rasputin: »Du lebst?«

Jussow: »Fromme Gebete haben mich beschützt!«

Jussow hat das Aufgebot seiner Hochzeit mit Irina bestellt.

Er trifft mit Purischkewitsch zusammen, wo er auch den Großfürsten Dimitrij antrifft. Er zeigt ihm den Brief Rasputins an den Zaren, der ihn fast das Leben gekostet.

Die drei kommen überein, das Untier Rasputin, das Unheil Rußlands, zu beseitigen. Niemand soll von dem Plan erfahren.

Die drei schwören sich Treue.

Sie beschließen, Rasputin zu vergiften:

mit vergiftetem Wein,

vergiftetem Kuchen,

die Purischkewitsch besorgen will.

Die Verschwörer kommen auch überein, daß die Zarin in ein Kloster verbannt werde, der Zar abdanke zugunsten seines Sohnes Alexej,

und daß Großfürst Nikolaj die Regentschaft übernehmen müsse, damit Rußland wieder aufwärts schreite.

Die Verschwörer beschließen, Rasputin am Tage der Hochzeit Jussows mit Irina im Hause Jussows zu ermorden.

Jussow übernimmt es, Rasputin einzuladen.

Jussow lädt Rasputin zur Hochzeit ein.

Rasputin: »Ich habe ein besonderes Hochzeitsgeschenk für dich – wenn du mir das ius primae noctis einräumst, welches das Recht der heiligen Männer ist –«

Jussow zögernd: »Ich werde dir Irina für eine Nacht – schenken.«

Rasputin jubelt.

Jussow: »Und was wirst du mir schenken?«

Rasputin: »Der Zar ist hier« (Bewegung mit dem Finger an die Stirn). – »Ich werde dich zum Zaren machen! Ich habe die Macht! Du bist ein Russe! Der Zar ist überhaupt kein Russe. Er hat mehr deutsches als russisches Blut.«

Rasputin nimmt einige Gläser – gießt in eines Rotwein, in die andern Wasser – »Der Rotwein, das ist das russische Blut! Sieh, so ist es beim Zaren verdünnt!«

Er gießt die Hälfte des Rotweins in ein Wasserglas, danach davon die Hälfte in ein weiteres Wasserglas und noch ein-, zweimal, hält das letzte Glas gegen das Licht: »Dies ist das Zarenblut!«

Es ist durchsichtig wie Wasser.

Rasputin erzählt der Zarin, daß er der Hochzeit Irinas beiwohnen werde.

Die Zarin: »Hütet euch vor ihr!«

Rasputin: »Sie ist so sanft!«

Zarin: »Die sanftesten Katzen sind die bösesten Kater! – Geht wenigstens nicht allein zur Hochzeit!« –

Rasputin: »Ich fürchte niemand –«

Zarin: »Nehmt den Matrosen Derewenko als Leibwache mit! Meinen getreuesten Diener! Ich habe Angst für euch!«

Rasputin willigt ein.

Der Zarewitsch kommt mit Derewenko.

Rasputin begrüßt den Zarewitsch zärtlich,

hebt ihn hoch,

küßt ihn auf die Stirn.

Die Hochzeit von Jussow und Irina.
Einsegnung des Paares durch den Popen in der Kirche.
Die Vorfahrt der Gäste vor Jussows Haus.
Die Festtafel, daran auch:
Purischkewitsch,
Großfürst Dimitrij,
die Verschwörer.
Rasputin ist zur Tafel nicht erschienen.
Die Verschwörer werden schon unruhig.
Rasputin zu Hause.
Er hat sein schönstes, von der Zarin gesticktes Seidenhemd angezogen.
Er sitzt mit Derewenko, dem riesigen Matrosen, am Tisch und würfelt.
Sie trinken beide Wodka.
Derewenko wird müde,
schläft ein.
Ein Schlitten fährt bei Rasputin vor,
ihm entsteigt Jussow,
steigt die Stiegen zu Rasputin hinauf,
klopft:
Rasputin öffnet.
Jussow: »Ich hole dich! Irina – wartet.«
Rasputin umarmt ihn,
küßt ihn.
Derewenko schnarcht.
Rasputin will ihn erst aufwecken,
läßt ihn schlafen.
Folgt Jussow in den Schlitten.
Die Gäste bei Jussow sind schon gegangen.
Die abgegessene, noch nicht abgedeckte Tafel.
Umgeworfene Weinflaschen.
Jussow führt Rasputin durch die Säle,
zu seinem Arbeitszimmer
lädt ihn in einen Klubsessel.
Vor ihm ein Tisch mit Portwein,
kleine weiße und schwarze Kuchen.
Die schwarzen Kuchen sind vergiftet,
der Portwein ist vergiftet.
Jussow: »Ein Gläschen Wein?«
Rasputin: »Trink du zuerst!« Mißtrauisch.
Jussow trinkt: eines der Gläser ohne Gift –
Rasputin trinkt: eines der Gläser mit Gift –
Jussow: »Ein Kuchen?«
Rasputin ißt von dem vergifteten schwarzen Kuchen –
Nichts erfolgt.
Jussow erblaßt.
Rasputin: » Wo bleibt Irina, das Täubchen?«
Jussow: »Gleich –«
Er läßt eine Grammophonplatte laufen:
ein russisches Lied,
das Rasputin mitsummt.
Jussow geht hinaus, eine Treppe höher,
wo die Verschworenen warten.

Jussow bleich: »Ein Wunder! Das Gift wirkt nicht!«

Purischkewitsch: »Er darf uns nicht entwischen! Es geht um Rußlands Heil. Hier –« gibt
Jussow seinen Revolver, den Jussow zögernd nimmt. »Geh hinunter, sonst schöpft er Verdacht!
Du mußt handeln!«

Jussow wieder im Zimmer bei Rasputin, der nervös auf und ab geht.

Rasputin: »Wo bleibt Irina?«

Bleibt vor Jussow stehen, nimmt ihn an beiden Schultern, sieht ihm offen in die Augen,

Jussow kann nur mit größter Willenskonzentration diesen Blick ertragen – Rasputin: »Felix
Jussow – ich liebe dich – dich und deine Frau – ich bin einsam – allein mit meiner Seele – der
Zar ist hier« (tippt an die Stirne) – »ist schwach – weibisch – töricht. *Du*, Felix Jussow, bist
jung – schön – stolz – klug –. *Du* sollst herrschen an seiner Statt. – Der Krieg war eine Dumm-
heit – und ein Verbrechen – er bringt täglich das Herz Christi zum bluten – ich mache dich zum
Zaren – ich habe die Macht – und du wirst Frieden schließen!«

In diesem Augenblick geht im Hintergrund

Irina unter den Kolonaden vorbei,

im Brautkleid,

Rasputin sieht sie,

breitet die Arme –

in diesem Augenblick, wo Rasputin wie die Parodie des gekreuzigten Heilands dasteht, hebt
Jussow den Revolver und schießt auf ihn – Jussow: »Stirb! Verräter! Schande Rußlands!«

Rasputin fällt um

und reißt im Fallen Tischtuch und daraufstehende Lampe mit.

Es wird sofort stockdunkel.

Jussow schreit nach Licht.

Diener kommen mit Lichtern durch die Gänge des Hauses gelaufen – als es im Zimmer hell
wird –

ist Rasputin verschwunden –

Jussow steht entsetzt.

Er rennt hinaus in die Gänge.

Rasputin ist entwischt.

Man sieht Irina durch die Gänge Palastes fliehen –

ihr nach Rasputin –

ihm nach Jussow –

Irina gelingt es, in einem Säulengang Rasputin irre zu führen – Rasputin findet sich plötzlich
im Hof –

Mondlicht –

Rasputin atmet tief auf –

Er spuckt.

Er spuckt Blut in den Schnee.

Langsam schreitet er im Mondlicht über den Hof,

der Ausgangspforte zu.

Da sieht ihn im letzten Moment

Jussow von einem Fenster.

Er schießt ein-, zwei-, dreimal.

Rasputin bricht am Gitter des gerade erreichten Tores zusammen.

Jussow,

Purischkewitsch,

Großfürst Dimitrij kommen gelaufen.

Purischkewitsch fühlt dem toten Rasputin den Puls.

Die drei hüllen ihn in seinen eigenen Pelz, tragen ihn in den bereitstehenden Schlitten, den
Jussow selbst kutschiert.

Im Moment, wo Jussow sich auf den Kutschbock schwingt,

erscheint ein Polizist am Tor,
der die Schüsse gehört hat.
Salutierend: »Was gibt es, meine Herren?«
Jussow: Mit dem Peitschenstiel auf den toten Rasputin deutend: »Wir haben Rasputin – das Unheil Rußlands – erschossen. Verstehst du das?«
Polizist, salutiert: »Zu Befehl! – Ihm geschah recht!«
Jussow kutschiert den Schlitten an die Newa,
wo die Verschworenen ein Loch ins Eis hacken
und den Leichnam darein versenken,
Wie ein Lauffeuer verbreitet sich am nächsten Tag die Nachricht von der Ermordung Rasputins in Petersburg.
Jubel bei den Bürgern,
in den höheren Kreisen,
die in den Kirchen Kerzen entzünden,
vor dem Bild des heiligen Dimitrij,
zum Dank für die Befreiung von Rasputin –
Während in den Offizierskasinos Champagner in Strömen fließt – weint die Zarin –
die dem Matrosen Derewenko die ärgsten Vorwürfe macht, daß er Rasputin allein hat zu Jussow gehen lassen.
Derewenko zuckt die Achseln –
Sie hält ihm die Faust unters Kinn,
die er ergreift und hinuntertut.
Derewenko: »Eure Zeit ist zu Ende.«
Er stampft davon.
Die Arbeiter,
besonders die Bauern,
haben andere Gedanken über die Ermordung Rasputins.
Er war – trotz allem – einer der ihren, ein Muschik,
ganz unten aus dem Volk,
und bis an den Zarenthron hinaufgestiegen.
Durch ihn hatte das russische Volk das Ohr des Zaren besessen.
Er ließ vor dem Thron die Stimme des Volkes ertönen.
Der Niederste hatte sich mystisch dem Höchsten gesellt.
Und es gingen Gerüchte:
Rasputin ist von den feinen Leuten ermordet worden, damit das russische Volk nicht mehr das Ohr des Zaren besitze – er ist gestorben, weil er den Frieden wollte – und weil er dem Zaren immer zu einer »Landverteilung« an die Bauern geraten hatte. Die »Großen« wollen das »Land« für die »Kleinen« nicht hergeben.
Die Gärung im Volk, das hungert an der Front, wo man sinnlos stirbt, nimmt zu.
Es fallen ungeheure Mengen Schnee, die Lebensmittelzüge bleiben im Schnee stecken.
Wölfe kommen bis in die Städte.
Es ist dreiundvierzig Grad Kälte.
Straßenunruhen.
Ein Regiment weigert den Offizieren den Gehorsam beim Befehl, in die Menge zu schießen.
Sie werfen die Gewehre weg.
Das Volk trägt die waffenlosen Soldaten jauchzend auf seinen Schultern.
Die Verschworenen hatten sich verrechnet.
Sie, die das Zarentum neu festigen wollten, wurden selbst überrannt, ehe sie ihre weiteren Pläne ausführen konnten.
Die Soldaten in den Unterständen,
die Matrosen der Nordseeflotte,
der Matrose Derewenko,

der den Zarewitsch auf den Armen getragen hatte,
sie standen auf,
sie wollten nicht mehr Krieg führen,
sie stürzten den Zaren.
Rasputins Prophezeiung ging in Erfüllung;
»Wenn ich nicht mehr sein werde,
wirst auch du, Zar, nicht mehr sein!«
Der Zar,
der vom Hauptquartier im Salonzug in die Hauptstadt zurückkommen wollte, von der ihm
Unruhen gemeldet wurden, wurde auf freier Strecke von den revolutionären Bauern, Arbeitern
und Soldaten angehalten. Einer, der Matrose Derewenko, winkte mit der roten Fahne, wie
früher der Bahnwärter mit der Streckenflagge winkte, da stand der Zug.
Der Kaiser sah aus dem Waggon.
Mit übergehängten Gewehren, Revolver in Händen, kamen die Revolutionäre in sein Coupé.
Er wird gezwungen, mit vorgehaltenem Revolver,
die Abdankungsurkunde zu unterzeichnen. Rußland hat keinen Zaren mehr.
Er wird gefangengenommen.
Die gesamte kaiserliche Familie wird in Zarskoje Selo gefangengehalten: Zar, Zarin, Zare-
witsch, die vier Prinzessinnen.
Ihr Oberwärter ist der Matrose Derewenko.
Die Leiche Rasputins ist im Park von Zarskoje Selo beigesetzt worden, dem Leichenzug
folgten unzählige Frauen, und oft verrichtet die Zarin ihre Andacht vor dem Grab des »heiligen
Mannes«.
Der Zar spielt mit seinem Sohn Soldaten wie einst.
Oder geht im Park spazieren,
oder sie bauen im Park aus Schnee einen Schneemann
und werfen mit Schneeballen nach ihm.
Der Zarewitsch lacht.
Eines Nachts
werden sie alle,
die ganze kaiserliche Familie,
roh aus den Betten gerissen.
Die »Weißen« sind im Anmarsch,
sie alle zu befreien,
unter dem Kommando von Jussow,
dem es gelungen ist, in der Revolution zu fliehen.
Beratung Derewenkos und der Revolutionäre:
»Wir müssen mit dem Zarentum ein für allemal Schluß machen!«
Bei Fackelschein
wird die gesamte kaiserliche Familie
an das Grab Rasputins geführt.
Aufrecht schreiten sie zwischen ihren Henkern,
die Prinzessinnen weinend,
die Zarin tränenlos,
der Zar an der Hand den Zarewitsch führend.
Sie stehen vor dem Grab.
Das Pikett legt an!
Da wirft der kleine Zarewitsch seine Mütze in die Luft: »Es lebe Rußland!«
Die Salve knallt.
Um das Grab Rasputins
beginnt bereits die Legende zu sprießen.
Scharen von Gläubigen kommen,

zu beten,

beim Grab des Muschik, der Rußlands Untergang vorausgesehen.

Die revolutionäre Regierung läßt das Grab Rasputins aufreißen, um die Legende zu zerstreuen.,

Sein Leichnam wird ausgegraben,

auf einem Scheiterhaufen verbrannt.

Die Asche wird gesammelt

und vom Turm des Kreml

in Moskau in alle Winde gestreut.

Noch einmal taucht auf der Wölbung des Himmels das Gesicht Rasputins auf, seine Züge verblassen,

sie gehen in die Züge Lenins über,

der auf einer Tribüne auf dem Roten Platz in Moskau steht und zum Volke spricht.